UNE PRIÈRE

A NOTRE SAINT PÈRE LE PAPE

PAR

H. BALLANDE (Hilarion)

Membre de la Société Philotechnique

— ◦∞◦ —

PARIS

DENTU, LIBRAIRE-ÉDITEUR

13, GALERIE D'ORLÉANS (PALAIS-ROYAL)

—

1860

UNE PRIÈRE

A NOTRE SAINT PÈRE LE PAPE.

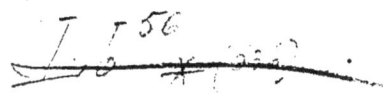

Paris. — Typ. Gaittet, rue Git-le-Cœur, 7.

UNE PRIÈRE

A NOTRE SAINT PÈRE LE PAPE

H. BALLANDE

Membre de la Société Philotechnique.

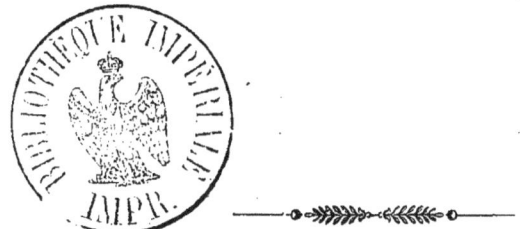

13, GALERIE D'ORLÉANS (PALAIS-ROYAL)

1860

UNE PRIÈRE

A NOTRE SAINT PÈRE LE PAPE

Si haut qu'un homme plane en nos sphères humaines,
Il n'est point au-dessus de nos terrestres peines,
Et quand l'abîme s'ouvre au devant de ses pas,
Malheur à qui le voit et ne l'en prévient pas,
Car tous, grands et petits, à Dieu comme à nous-mêmes,
Devons de nous aider en ces périls suprêmes.

De cette loi du Christ je m'acquitte envers vous,
Saint-Père, en m'inclinant à vos sacrés genoux.

Vous pouvez m'écouter sans nulle défiance,
Je n'abuserai point de votre confiance.

Je me garderai bien de vous importuner
D'oiseux conseils, toujours faciles à donner,
Et que le conseilleur avec trop de largesse,
Prodigue sans mesure, en sa folle sagesse,
A des êtres pour qui ses conseils importuns
Sont moins qu'à lui souvent utiles, opportuns.

Je ne veux que vous faire une ardente prière.

O Saint-Père ! jetez un regard en arrière ;
Voyez, de siècle en siècle à Jésus remontant,
Comment il établit votre trône éclatant,
Méditez chaque fait de sa divine histoire,
Rappelez-vous sa mort... et voyez sa victoire !
Comment, par quels moyens il la sut obtenir.
L'histoire du passé nous guide en l'avenir,
Et plus en celle-ci qu'en aucune autre au monde,
L'exemple y prêche à l'âme une leçon profonde.

Mieux que tous les conseils, contre un pressant danger

Ces méditations sauront vous protéger,

Votre âme y puisera, pour les biens de la terre,

Un dédain comme à vous, à nous tous salutaire,

Et qui vous contraindra bien vite à remonter

Aux hautes régions qu'on vous a fait quitter.

Pontife, votre front domine tous les nôtres ;

Souverain, votre front est moins haut que bien d'autres,

Et la protection de puissants potentats,

Allant vous secourir jusque dans vos États,

A dû, plus d'une fois, dans le saint roi de Rome,

Offenser l'héritier du fils de Dieu fait homme ;

Lui, qui pour tous nos biens, plein d'un divin mépris,

Vous légua, par sa mort, l'empire des esprits,

La direction sainte et divine des âmes,

Dont le cœur tout bonté, plein de célestes flammes,

N'a cessé de brûler jusques au dernier jour,

Que de doux sentiments de pardon et d'amour !

De ces divines lois, vous seul dépositaire,

Ne les devez-vous pas en exemple à la terre ?

Et qui nous guérira de l'amour des grandeurs,
Contre qui vous tonnez de toutes vos hauteurs,
Si vous, Pontife saint dont tout chrétien s'inspire,
De ce fatal amour vous subissez l'empire ?

On comprend, on absout l'homme qui n'étant rien,
A l'amour des grandeurs, la soif d'un peu de bien.

Mais vous, vous qui planez à plus de cent coudées
Sur la tête des rois ; qu'aux hauteurs insondées,
Nos yeux en s'élevant peuvent à peine voir ;
Vous, vous qui disposez du céleste pouvoir,
Qui d'un regard, d'un mot en attirez la foudre,
Qui pouvez condamner, vous qui pouvez absoudre,
Qui des portes du ciel tenez les clefs en main,
Qui nous devez sans cesse en montrer le chemin,
Vous, que nul, sans respect, ne rappelle, ne nomme ;
Vous, que le ciel a fait moins qu'un Dieu, plus qu'un homme ;
Qui n'avez eu d'égaux qu'en vos prédécesseurs,
Qui n'en aurez jamais que dans vos successeurs,
Pouvez-vous, oublieux de la bonté céleste,
Qui par tant de faveurs en vous se manifeste,

Abaisser à nos yeux votre divinité,
A l'amour d'un pouvoir où tout est vanité ?

. . . .

Et qui, de Jésus-Christ, nous donnera l'exemple,
Pontife, sinon vous, que l'univers contemple ?
Tout l'univers chrétien, à cette heure à genoux,
Attend un grand exemple, et Dieu le veut de vous;
Et pour qu'à notre amour ce Dieu vous sanctifie,
Il faut qu'au Pape, en vous, le roi se sacrifie.
O sacrifice heureux !... ce qu'il vous coûtera...
Nous le savons... Qui sait tout le bien qu'il fera
A la religion dont vous êtes l'apôtre !

La conduite du Christ doit inspirer la vôtre.
Et jamais, à l'amour du terrestre pouvoir,
Il n'aurait immolé son céleste devoir,
Parce qu'il savait bien, lui, la grande victime,
Des grands secrets du ciel le confident intime,
Que rien de ce qu'on aime au terrestre séjour,
Ne vaut un seul soupir de regret ou d'amour ;
Que l'existence n'est qu'un état transitoire,
Qu'une lutte où l'on doit obtenir la victoire,

Et que l'on ne l'obtient, la remporte à ses yeux,
Qu'en sacrifiant tout à l'avenir des cieux.

Voilà par quels profonds et sublimes préceptes,
Il conquit à sa loi d'innombrables adeptes ;
Comment il releva les malheureux humains
Courbant alors leurs fronts sous le joug des Romains,
Comment il triompha seul de leur fanatisme ,
Comment il renversa les dieux du paganisme.

Ces dieux prêchaient l'amour de la réalité ?
Il combat cet amour, prêche l'humilité.
Et comme toute joie humaine est éphémère,
Que l'homme en avait fait l'épreuve trop amère ,
Que les crimes des grands, des rois, des empereurs,
Remplissant l'univers de toutes les horreurs,
Pour atteindre au bonheur, seul but de leur envie,
N'avaient fait que montrer le vide de la vie,
Dès qu'il vint, annonçant une divinité
Qui nous promet la joie à toute éternité,
Et qui n'exige point en nous d'autre science
Que d'écouter la voix de notre conscience,

Il obtint la victoire . . . .

. . . . Elle coûta du sang !

Les martyrs ont reçu leur prix du Tout-Puissant.

Loin que leur mort nous soit un long sujet de larmes ,.

Leur mort, pour tout chrétien, a d'indicibles charmes !

Il en est, et beaucoup, qu'on soupçonne sans foi,

Sans amour pour leur Dieu, sans respect pour sa loi,

Qui plutôt qu'abjurer leur divine croyance,

Sous le fer du bourreau mourraient dans le silence.

Oui, combien en est-il, qui semblent sommeiller,

Que l'heure du danger verrait se réveiller ?

Dans le monde chrétien la foi n'est qu'assoupie,

Elle s'éveille au nom du saint pontife Pie,

S'il sait faire pour elle, en ce grave moment,

Ce qu'exige de lui son pieux dévouement.

L'étoile qui prévint et qui guida les Mages,

Portant à l'enfant Dieu les terrestres hommages,

Malgré ses deux mille ans, en son ciel d'Orient ,

Rayonne toujours pure, aux yeux du vrai croyant.

On crut te voir sombrer, astre que je révère,
Dans le sang innocent du martyr du Calvaire,
Mais tu n'avais rien fait que te voiler aux yeux
Par honte de la terre et par respect des cieux !
Le grand crime accompli... ta divine lumière
A l'Orient vermeil scintilla la première ;
Et depuis cet instant, au firmament d'azur,
Tu brilles à jamais de l'éclat le plus pur !

Ton doux rayonnement, au sein des nuits profondes,
Me semble l'œil de Dieu planant sur tous ses mondes.
Oui, c'est par toi qu'il voit, qu'il observe partout
Dans ce vaste univers, de l'un à l'autre bout,
Et dans le même instant, des hauteurs de l'espace,
Tout ce qui s'y médite et tout ce qui s'y passe.
Par toi tout se révèle à ses yeux scrutateurs ;
Il me voit aux genoux du pasteur des pasteurs,
Et les grands pics, les monts, aux cimes inconnues,
De qui les fronts neigeux se perdent dans les nues,
Sont les puissantes voix toujours lui répétant
Tout ce que nous disons en le répercutant.
Ainsi, tout ce qu'on dit, qu'on pense ou qu'on peut faire

Se voit, s'entend, se sait dans la céleste sphère.

Et comme Dieu me voit à vos sacrés genoux,
Il entend tous les vœux que mon cœur fait pour vous.
C'est lui qui m'encourage à dissiper, à vaincre
Votre amour du pouvoir... Ah! laissez-vous convaincre!
Inspirez-vous du Christ que vous représentez ;
Il veut un sacrifice et, vous, vous hésitez !

Nous venons de revoir dans sa divine histoire
Comment, par quels moyens il obtient sa victoire.
On y trouve partout une abnégation
Qui nous ravit d'amour et d'admiration !

Est-ce que les martyrs, est-ce que les apôtres
Avaient d'autres moyens pour triompher? — Pas d'autres!
Ainsi nous les voyons en foule agrandissant
L'empire de leur Dieu, par les pleurs et le sang.

Après ces souvenirs touchants qu'ici j'évoque
Dois-je vous rappeler... une bien autre époque?
Oui, que votre sagesse y puise longuement

Pour le bonheur de tous un grand enseignement.
C'est un cœur pénétré, seigneur, qui vous implore !

Rappelez-vous ces temps, que tout chrétien déplore ;
Léon dix adjugeant du sein du Vatican
Les célestes pardons partout mis à l'encan ;
Et Luther, le cœur plein de sinistres vengeances,
Bravant le saint pontife au nom des indulgences ;
Et Jean Hus et Calvin, tant d'autres à la fois,
De la religion faisant taire la voix.
Voyez-les tous, allant de royaume en royaume,
De palais en palais, de la maison au chaume,
Ravir à Léon dix, avide d'un peu d'or,
L'Allemagne, le tiers de son divin trésor !
Voyez-les, au profit de leur secte nouvelle,
Expliquer chaque fait que le temps leur révèle.
Et contre Rome même, à l'instant, retourner
Le grand enseignement qu'elle vient de donner.

Des exemples sacrés faisant leurs bénéfices,
Ils dédaignent les biens, vantent les sacrifices ;
Et pour leur loi nouvelle, aveugles, sans remord,

Ils prêchent le martyre, ils affrontent la mort,
Ils meurent dans le sang, vivent dans les alarmes,
Et triomphent de Rome avec ses propres armes.
Ah ! c'est qu'ils savaient bien, ces hardis novateurs,
Que le sang répandu d'un de leurs sectateurs,
Attirait plus de cœurs à leur protestantisme
Que l'amour de vils biens, où tout n'est qu'égoïsme.

Hélas ! depuis le temps où les biens temporels
S'unissent dans le pape, aux biens spirituels,
En faveur des premiers, on les voit, d'âge en âge,
Négliger de Jésus le divin héritage.

De leur ambition suivant toujours le cours,
On les voit se mêlant aux intrigues des cours,
Flatter les souverains, Henri huit ou le nôtre,
Délaisser le premier pour retourner à l'autre,
Ne prenant pour conseil de ce prompt changement
Que l'amour du pouvoir temporel seulement.

C'est ainsi que flattant Henri, roi d'Angleterre,
Par une rose d'or, Jules, avec mystère,

Jules, que nul scrupule au besoin ne retient,
Lui fait offrir le nom *de son rci très-chrétien.*

— Quoi ?... Pour réaliser une telle espérance
Il lui faudra ravir ce titre au roi de France?

— Qu'importe à Jules deux l'héritier de Clovis,
Du premier roi chrétien, du plus grand de ses fils?
En vain sa conscience en gémit, en soupire,
De son ambition seulement il s'inspire.
Dans les Etats romains Louis douze, appelé
Par le Pape, est par lui tout prêt d'être immolé.

Henri huit, étonné d'une offre si contraire
Aux sentiments chrétiens, ne peut plus se soustraire
Aux méditations qu'elle fait naître en lui;
Déjà dans son esprit un grand projet a lui ;
Pour le réaliser, il hésite, il recule
Mais puisque Jules deux se montre sans scrupule,
Pourquoi, lui, souverain temporel seulement,
N'obéirait-il pas à son seul sentiment?

Et ce projet, hélas ! Henri le réalise.
Il se fait proclamer le chef d'une autre Église.

Ainsi, Rome a perdu, dans le même moment,
Par un inexplicable et fol aveuglement
Du pouvoir temporel, que l'erreur accompagne,
Et la fière Angleterre et l'austère Allemagne !

O spectacle affligeant et digne de pitié !
L'héritage du Christ est réduit de moitié,
Et par qui ? — Par ceux-là qui, sachant se conduire,
Auraient dû l'agrandir au lieu de le réduire !

Voilà la vérité, les attristants effets
Du pouvoir temporel ; je parle avec des faits.
Et pour que ma prière, hélas ! soit salutaire,
Malgré tout mon respect je ne peux vous les taire.

Maintenant, avec nous, Saint-Père, supposez
Vos deux prédécesseurs, par ces faits accusés,
Saintement enfermés en leur mission sainte.
Auraient-ils eu recours à l'intrigue, à la feinte,

A ?... Mais, non, je me tais, l'énumération
Serait beaucoup trop longue et toute affliction.
Non, ils auraient plané dans des sphères si hautes,
Qu'ils n'auraient pu descendre à nos humaines fautes ;
Et qu'au lieu d'être, hélas! un éternel sujet
De chrétienne douleur, tous deux seraient l'objet
De nos profonds respects, d'une éternelle estime...
Tandis que Jésus-Christ, lui-même, est leur victime.

Tout ce que nous voyons dans l'histoire des temps,
Nous parle, ce me semble, en faits trop attristants,
Pour que tout votre cœur n'en soupire, n'en saigne.
Comment mettre à profit ce que l'histoire enseigne ?
Le voici :

      Deux pouvoirs incessamment rivaux,
Se combattent en vous, l'un fait seul tous les maux :
Abdiquez celui-ci ; ne conservez que l'autre !
N'avez-vous pas assez des devoirs de l'apôtre ?

Cette opinion a, non la majorité
De tous les grands penseurs, mais l'unanimité.

A sa saine logique on ne peut se soustraire,
A moins d'être enchaîné dans le parti contraire.

Si grand que soit un Pape, il est un homme au fond.
Sa grande mission sans doute le confond.
Et pour qu'à ce devoir jamais il ne faiblisse,
Il faut que malgré lui son devoir s'accomplisse.

Il ne peut s'assurer d'infaillibilité,
S'il tient par quelque bien à notre humanité.

Maintenant, c'est à vous, à vous, notre Saint-Père,
A vous, en qui de tous la foi se fie, espère,
A descendre en vous-même, à peser longuement,
Dans la sainte prière et le recueillement,
Ce qu'un divin devoir vous ordonne de faire.

Daignez vous rappeler qu'il vous faut satisfaire
Dieu, la religion, tout le monde chrétien,
Dont vous êtes le seul espoir, le seul soutien,
Et qui prie, à cette heure, hélas ! si solennelle,
Le Seigneur d'inspirer votre âme paternelle.

Oui, chrétiens, oui, prions, et que nos voix en chœur,
Montent jusqu'au Saint-Père et fléchissent son cœur !
Car la sainte prière, essence de notre âme,
Et qui s'élève au ciel comme une sainte flamme,
Est la seule éloquence, elle attire sur nous
Les regards du Seigneur qui nous voit à genoux,
Et qui sait préserver de toute défaillance
Les cœurs avec lesquels il a fait alliance.

Quand Moïse priait, au haut du Sinaï,
Il vainquait Amalec, roi du Seigneur haï ;
Mais lorsque ses deux bras, qu'en sa béatitude
Il élevait au ciel, tombaient de lassitude,
Son peuple était vaincu ; dès qu'il les relevait
Par un pieux effort, Israël triomphait !
Ce Dieu... que vit Moïse... Il est toujours le même.
La prière obtient tout de sa bonté suprême.

Qu'il entende nos voix, que nos pieux accents
S'élèvent jusqu'à lui comme des flots d'encens.
Qu'il exauce nos vœux, qu'il inspire, protége
Son saint Pontife, à qui tous nos cœurs font cortége.

Dieu, qui n'a pas le temps
De concevoir des mondes,
Sans les voir éclatants
Sortir des nuits profondes ;

Toi, qui les yeux ouverts
Sur tout ce qui respire,
Dans ce grand univers,
Fais sentir ton empire ;

Toi, qui tiens dans ta main,
Léger comme un brin d'herbe,
Ce pauvre genre humain
Si faible et si superbe ;

Toi, qu'on trouve au zénith,
Ainsi qu'un gouffre immense,
Qu'on trouve où tout finit,
Qu'on trouve où tout commence ;

Toi, dont j'entends la voix,

Toi, que mon cœur devine,
Toi, que partout je vois
Dans ton œuvre divine;

Qui remplis à mes yeux,
De ta magnificence
L'immensité des cieux,
Siége de ta puissance;

Cause de tout effet,
Par l'homme en vain sondée,
Essence, âme du fait,
Pur foyer de l'idée;

Toi, qui vois chaque élan
Invisible de l'âme,
Qui donnes le talent
A la divine flamme ;

Toi, qui, comme tu veux,
Guides chaque carrière,

Toi qui connais nos vœux,

Entends notre prière!

Exauce-la, Seigneur, en faveur de celui

Pour qui nous l'implorons à genoux aujourd'hui !

Paris. — Typ. Gaittet, rue Git-le-Cœur, 7.

PARIS — TYPOGRAPHIE GAITTET

Rue Gît-le-Cœur, 7

www.ingramcontent.com/pod-product-compliance
Lightning Source LLC
Chambersburg PA
CBHW061733180626
46818CB00006B/2590